Edição Própria © 2015

Cartas a Sophia

Romance

António Almas

Ficha técnica

Título: Cartas a Sophia

Autor: António Almas

Edição: Edição Própria de António J. F. Almas

Av. 25 de Abril, 9 r/c esq.

7160-221 Vila Viçosa

edicao.propria@gmail.com

Design e Paginação: António Almas

Impressão: Walprint

ISBN: 978-989-20-5911-2

Depósito Legal: 396621/15

Vila Viçosa, 31 de Outubro de 2015

O acaso, ou a coincidência, gera um encontro em que dois mundos se cruzam para marcar um momento.

Tudo o que era até ali, deixou de o ser daí em diante.

O amor não escolhe lugares nem formas, apresenta-se em circunstâncias inusitadas e domina-nos duma forma avassaladora.

Cartas a Sophia

Conheci a Sophia numa livraria, onde habitualmente passava para extravasar o meu cansaço após horas infinitas de estudos. Estava na secção de poesia quando atrás de mim alguém deixa cair uma pilha de livros, virei-me e lá estava ela atrapalhada, embaraçada com o facto de ter derrubado o escaparate, ajudei-a a empilhar os livros na estante, sorri-lhe e momentos mais tarde estávamos na esplanada dum café a trocar algumas impressões sobre a filosofia da escrita e a harmonia dessincronizada de alguma poesia.

No final dessa tarde trocamos endereços e ela ficou de escrever-me. Seguiram-se dias e meses de silêncios prolongados e estudos concentrados. Não mais ouvira falar dela, até me aparecer um convite seu para um novo encontro na livraria onde nos conhecemos. Recebi de braços abertos aquele convite, como quem recebe um sinal dos Céus de que algo está para acontecer.

Depois de mais uma agradável tarde a debater as palavras, Sophia deixou-me com a promessa de voltar.

Escreveu-me passado algum tempo, mas a cada carta

seguia-se um silêncio descomunal, como se tivesse desaparecido do mapa, mas sempre voltava, como onda à praia.

Nada sabia dela, apenas que cursava na Universidade num curso pós-laboral. Intrigava-me a sua presença, da sua imagem retia um ser frágil e dócil que mergulhado numa candura me parecia a encarnação de um anjo.

Mas não era um anjo, nos meses seguintes viria a revelar-se uma mulher cheia de fantasias, fogosa e com uma sede incomensurável de prazer e luxúria.

Após os contactos mais formais, onde se limitava a ser mais espectadora que actriz, as coisas mudaram, um certo dia, manda-me uma ligação para que visse um vídeo sobre pessoas desconhecidas que se beijam pela primeira vez na boca, um desafio que alguém se lembrou de lançar. Estaria ela a lançar-me a mim o mesmo desafio? Questionei-me, mas guardei para mim a pergunta.

As imagens vinham-me à cabeça vezes sem conta,

aqueles estranhos beijando-se, alguns timidamente, outros como se se devorassem. Como era possível, esta pessoa tão calada, com ar de anjo, enviar-me uma sugestão daquelas. Foi incontornável a vontade de escrever, não resisti e desatei os dedos:

Cara Sophia,

A ausência de barreiras dissolve no ar um perfume de permissões, que levam as mãos a profanas criações, deduções que as palavras apenas descrevem, mas que o tacto comprime contra a silhueta e devassa numa incessante busca de novos prazeres e tremendas sensações. Libertas-me das amarras, como se deixasses meu barco derivar sobre o teu mar, oceano que é ventre e vento, que é sentido e tempo, que navega num abraço, cingido e premente, que duma forma estranha e quase ausente, faz acender o fogo do corpo que em frémito se arrepia, tremendo de desejo, de vontade desse beijo.

Cartas a Sophia

Após esta revelação, esta vontade acordada pela sua proposição, Sophia revelou-se, despiu-se de pudores para me mostrar a incandescência da sua alma, mas sobretudo o desejo escondido no âmago do seu pequeno corpo. Estarreci perante a sua carta, fiquei a olhar, sem saber que pensar. Esta mulher é um completo mistério, uma caixa de Pandora por abrir, a perdição para quem, como eu, fervilha de imaginação.

Inevitavelmente, fluíram palavras, letras e imagens por dentro de mim, continuei...

Sophia,

Poderá a insaciabilidade levar-nos a uma constante procura do momento perfeito? Estará escrito no ADN da nossa Alma esta necessidade constante de amar? Poderá o Amor falsificar-se como uma obra de arte, onde o forjador deixa sempre um traço pessoal? Amar é de facto uma arte, que se preenche de estímulos e sensações, de gostos e sabores que nos inebriam e nos deixam completamente cegos. Entregar-se na demanda de encontrar no Amor a perfeição, é busca incessante, vontade acutilante de quem quer sentir o prazer e a dor numa dança extasiante. Identificar no outro uma centelha de nós, é conhecer as conexões que as diferentes dimensões e universos usam para nos contar a história da nossa existência. Parece-me que em cada uma das almas que descortino há uma semente que cresce em ritmos diversos, que plantei e arei, reguei e iluminei ao passar pelas diferentes vidas que percorri. Voltar para ver a árvore que agora oferece a sua sombra ao sonho e à paixão, é regressar atrás num tempo, ou viajar por entre momentos, abraçando as folhagens verdejantes e beijando as bocas sedentas de saudades. Perfeita é esta congeminação de pedaços de nós mesmos que conseguimos vislumbrar naqueles que nossos foram. Um dia, na súmula desta caminhada, encontrar-nos-emos no Olimpo, frente aos deuses que criámos e às magnificas obras de arte que o nosso amor gerou entre espaços perdidos pelo tempo.

Cartas a Sophia

O meu colo é espaço onde o seu corpo se encaixa, onde o seu beijo se fará perfeito e a imensidão se fará de lava incandescente. Em seus seios, meus lábios serão gotículas de água fresca que desenharão como pincéis o perfil da sua silhueta. Perfeito será o momento desta imagem criada que cresce no pensamento e se faz desejo, vontade que queima como brasa o arrepio do nosso prazer.

Sabeis que a dimensão dos corpos não é directamente proporcional à dimensão das almas? Que é na imperfeição da imagem que se transcende a beleza e nos torna diversos dos demais? Não termine, continue... quero muito... beijá-la!

Na continuação deste estranho beijo...

E mais uma vez se delicia esta musa, acabada de descobrir entre os dedos delicados dum olhar angelical e as sensações demoníacas dum corpo em constante frémito. Incita-me, e eu, correspondo, sem saber muito bem até onde devo ou posso ir.

Cara Sophia,

A incongruência desta sensação estranha, atiça duma maneira sobre-humana o desejo de soltar os dedos, de conhecer o desconhecido prazer dos teus beijos, a ternura da tua singular beleza quando minhas mãos percorrem a suavidade pura da tua pele, que desnudo ao sabor do teu perfume de mulher. Vem, senta-te no meu colo, aconchega-te no meu peito, como se fosse eu, ser perfeito, onde cabes por inteiro. Dá-me o teu corpo, como oferenda a um deus desconhecido, de quem apenas te lembras de ter ouvido declamar pregões, líricos contos e prosas de encantar, deixa que minhas mãos seja teu berço, quero embalar-te neste mundo perfeito onde nos conhecemos sem esperar. Quero ser poesia na tua pele, escrever o teu corpo com mel derramado na tua boca, resvalando pelos teus seios que beijo a teu pedido, com este sentido desvairado de quem quer de ti todo e qualquer pedaço, por mais ínfimo que seja este momento, por mais insano que seja este pecado. Deixa-me tomar-te nos meus braços, elevar-te aos céus e descer-te às chamas que inflamam a luxúria que dentro do teu ventre me perder, como lança incandescente do nosso prazer.

Reprime-se escrevendo que teme cair na vulgaridade do desejo do seu corpo, não tem o dom da palavra e apenas lhe apetece libertar o corpo, mas teme que eu a ache demasiado ousada, ao que respondo:

Querida Sophia,

Nada que é sentido é vulgar, se profundamente tido com verdade, consentido com intensidade, de outra forma seriamos meros personagens que seguiam guiões. O amor pode ser dito e escrito de várias formas, com a leveza duma pluma ou com a intensidade dum vendaval, basta que o que se escreve, lírico ou não, seja efectivamente sentido. Não sei o que as minhas palavras te provocam, que sentidos te desperto e o que fala o teu corpo no silêncio das minhas palavras, mas acredita que gostaria de saber, e garanto-te que não serás vulgar, porque o corpo será sempre para nós humanos o sensor que interpreta os sentidos da Alma.

Deixas-me completamente intrigado... Não sabes quão extasiado estou com esta permuta, diria que é inimaginável...

E o silêncio instalou-se depois desta minha carta. Esperei-a e desesperei pelo seu regresso, os dias eram demasiado longos e não continha a ansiedade, corria para ver se havia correio, mas este teimava em não chegar. Achei que brincava comigo, aliciando-me e deixando-me depois na expectativa duma criança à espera dum presente que nunca mais chega.

Cartas a Sophia

Não resisto à tentação e escrevo-lhe.

Cara Sophia,

Evidentemente que, e tenho propalado ad eternum esta premissa, que as pessoas que entram e saem da nossa vida são "mensageiros", mestre e "feiticeiros" que nos ensinam e nos ajudam na longa caminhada. Amar é uma complexa arte de percas e ganhos(dar e receber) que nem todos somos capazes de entender. Alguns, restritos cingem o amor ao corpo, outros platónicos, acham que ele pode apenas viver da Alma, eu um misto de sentires sou pelo caminho entre o céu e a terra, entre o tudo e o nada, entre o prazer e o delírio, a vontade e a santidade, a forma e o silêncio. Peço desculpa se te incomodo, se te tomo o tempo, e as minhas atrevidas palavras te vestem sentires, mas posso calar-me e voltar ao lugar onde tenho estado, onde apenas vejo a profundidade do teu olhar e os teus sentidos feitos de perfumes do oriente.

Obrigado pela partilha, gostei de ler e de me rever no texto, perceber que faz todo o sentido prosseguir a minha odisseia, e que o caminho adiante, pode passar pelo reflexo meu em ti, e isso faz valer a pena ter-te cruzado, transversalmente a vida para perceber que todos os teus sentidos são meus, e todos os meus destinos passam indubitavelmente pelo teu espaço d'alma.

Espero que a minha prosa te faça falta e que a tua voz seja capaz de me chamar.

O silêncio não se quebrou, mesmo com o apelo desesperado dum poeta sem musa, à beira dum precipício qualquer, em loucura descrevo-me, escrevendo:

Cartas a Sophia

Olá,

A voz, que na escrita é apenas e tão só um pensamento que ecoa na nossa mente, é motor que estimula com dedos e bocas invisíveis os corpos, os lábios da líbido que envolta no mistério do silêncio se faz gente, abraço premente. Por mais que as letras nasçam na ponta dos dedos, elas não fazem sentido se não forem recebidas profundamente, bem dentro do âmago de quem sabe e sente com a imaginação intensa. Por isso me perco a deambular pelas paisagens que crio, perdido numa utopia quase e sempre vazia de gente.

Responde-me falando-me do silêncio, citando Pedro Tamen *"Não durmas, que há uma escada para uma noite maior. Não morras, que há uma espada que mata com mais amor.".* Conformo-me dizendo-lhe:

Cartas a Sophia

Cara Sophia,

O mundo é feito de silêncio, que preenchemos como toques suaves de melodias, com palavras mas também com gestos, suaves e atrevidos de quem sabe sublimar o momento, sem querer mais do que lhe é devido, sem saber nada mais do que lhe é dito.

A aceitação das limitações, dos espaços vazios, dos instantes que nem descritos tomam a forma de mãos, de dedos ávidos de desejos, é algo que pela vida fora se aprende com cada perca, com cada vitória, com cada lágrima de despedida, com cada aceno à chegada. Eu sei o que é viver de silêncios, de desejos inconfessáveis e vontades insanáveis de ser mais do que posso ser.

Por isso also voos, em vagos espaços, em sonhos descritos por palavras, riscados sobre telas, ou molhados com aguarelas que dão vida a mundos que só eu conheço, que só eu percebo, em mim.

Ser homem nu, é o que sempre me proponho na minha prosa mais atrevida, ser fogo e ensejo, vontade, desejo, que queima a pele nas madrugadas frias, também elas vazias de carícias e ausências, de corpos que não nos preenchem e de sonhos que tanta vontade nos dão de ser assim, maiores, como essa noite prometida. Esperamos sempre esse golpe, fatal como o destino, desse gume afiado, em espada de Templário, que te trespassa e te mata de amores promíscuos e insanos, de mãos que se emaranham em peles arrepiadas como a luxúria de ser tomadas, possuídas e esventradas pelo sequioso amor que nasce com o sangue que se nos mescla.

Há silêncios assim, inspiradores, saudosos e acalentadores, de outros voos, de outros vazios por preencher.

Sente o meu desalento e fecha-se sobre a sua concha dizendo que não consegue acompanhar os meus passos, o meu ritmo e que as palavras não lhe fluem da mesa forma que os sentimentos, desculpa-se e remete-se mais uma vez para uma ausência, de quanto tempo não sei, mas anseio por vê-la regressar de novo.

Tento mantê-la à tona, viva, estável dizendo-lhe:

Olá Sophia,

Não tens de me seguir, não tens que ser poetisa, porque eu mesmo não me considero poeta, sou apenas fruto duma conjugação de factores que fizeram dos meus lamentos, de minhas dores, formas de amar assentes na utopia e na ilusão, e quem neste nosso mundo não precisa de um pouco de esperança e fantasia para se sentir vivo?

Gostava sinceramente de te ajudar, não porque ache que precises de ajuda, mas porque me parece que vieste a mim como uma forma de exteriorizares esses tormentos e angústias, fantasias e utopias, e, eu gostaria de as ouvir, não necessariamente em prosas poéticas, ou de outra forma mais elaborada, mas como alguém

que te habita, como a voz do teu pensamento que te diz
o que pensa sobre o que sentes.
Estou aqui, se achares que deves vir, se não, entenderei
e silenciar-me-ei.

Agradeceu-me a ternura e deixou-me um abraço "de quem o quer muito", persisto em mantê-la junto a mim, como se o seu corpo inexistente me fizesse falta, fosse equilíbrio necessário à minha estabilidade:

Bom dia Sophia,

A ternura é uma forma de carinho especial, que se dá
para confortar, mas igualmente se recebe para ser
confortado. Aqui estou, marcando com a minha virtual
presença, para estender-lhe os braços e afagar-lhe o
cabelo num terno abraço. Porque um abraço será
sempre um levantar de defesas e o envolvimento do

outro no nosso âmago. Tal como o colo, são espaços íntimos que apenas guardamos para os que nos são queridos, e como a Sophia diz ser pequenina, então o meu abraço envolvê-la-há por completo, espero não a sufocar, e sentir-se-á completamente envolta na mística do verdadeiro sentido da envolvência, os meus braços contorná-la-hão duplamente e espero que se sinta como que abraçada por asas de um anjo, que por vezes é muito travesso.

Despede-se dizendo-me que há um mundo onde sou apenas dela e onde tudo é mais simples, nesse lugar que me guarda, que me sente e me vive, mas que não pode seguir, não lhe restam forças, as minhas palavras são demasiado intensas e consomem-na, soçobrando.

Fico sentido e em desespero de causa, trato-a mais formalmente tentando ainda um último e derradeiro apelo a que não cessem as suas cartas:

Cartas a Sophia

Olá Sophia,

Não carece de ter cuidados comigo, pode usar o meu nome, dizê-lo, escrevê-lo, e acredite que não há limites, como não limito a minha imaginação, às vezes até os meus actos são ilimitados, muito menos colocarei limites aos seus sentidos, expressões ou vontades sobre a minha pessoa. Gostaria de facto que se sentisse aqui, como se este fosse um mundo secreto partilhado, comigo, naturalmente, uma vez que faço parte dele, como me diz, onde me tem por completo, como igualmente refere, por isso ouso pedir-lhe que se liberte, que não tema, porque sou muito menos do que lhe pareço, sou bem mais simples que os meus textos. Ouse se quiser, mas conte-me por favor sobre esse lugar onde me vai guardar.

Se os receios se prendem com alguém ler o que escreve pode ficar tranquila que eu sou muito intimista e não gosto de partilhar as minhas coisas com terceiros, se por

Cartas a Sophia

acaso teme que seja a minha correspondência lida por alguém por favor avise-me e passo a escrever-lhe em prosa poética para que sejam meros textos de um pseudo-poeta.

Beijo com ternura, abraço cingido à sua cintura.

Cortou-se a comunicação e mais tempo se passou, a minha tentação adensou-se e quando já vacilava entre desistir de procurar respostas suas ou voltar a escrever-lhe, Sophia pede-me que lhe escreva uma carta, porque havia sonhado que se sentava no meu colo e eu lhe beijava os seios desnudos... Não hesitei e a inspiração ganhou fulgor para dizer:

Olá...

Por vezes não existe uma necessidade de saber, de

perguntar, de falar, apenas uma selvática necessidade de tocar, de ser, de experimentar, o sabor da boca, o gosto da vontade de lamber o sal do suor maculado pela luxúria de ter, possuir e ser, no outro, dentro de ti, em mim.

Não existem julgamentos, porque somos da forma como somos e que importa quão loucos nos sentimos quando nos sentimos tão bem embevecidos por esta insana vontade de mergulhar no outro, dentro de ti, em mim. Descobrirmo-nos, no tatear dos dedos pela pele, aprofundando-os nos mais íntimos secretos do corpo, da mente, do vício de ser suave e simultaneamente intenso, o gozo de ser tudo aquilo que se quer ser, no outro, em ti, dentro de mim.

Serás água sagrada, musa encantada que do nada surges, imaculada, nua, coberta pelo véu translúcido desta doce loucura, serás chuva pura, que lava a minha alma e meu corpo mergulha no oceano do teu mais profundo e doce orgasmo.

O divino, etéreo e mundano são mundos confluentes,

onde o que se diz, o que se escreve, se sente, ou se quer sentir, da forma idealizada com que se declamou ou disse, por tudo isso eu te busco, acima do mundo, ou mergulhado no oceano mais profundo... O tempo, bom esse não controlamos, mas, a vontade e o desejo de te embalar, envolver e abraçar, é algo que ficou em mim como semente, e cresce como árvore no colo do meu desejo, fazendo-se ternura e carinho, mas também loucura insana e incongruente que me toma e me coloca em êxtase.

A embriaguez dos sentidos é pura verdade quando envoltos nesta saudade já tudo nos inebria, até o ar que respiras, ou o perfume da tua roupa despida à pouco, antes de dormires, ou a água que te lavou o rosto nesta manhã chuvosa de Primavera, ainda assim, o vinho é sangue que partilhamos, que tomamos como jura de que tudo a que nos damos, perdura.

Esta dedução de sentidos, que a tangente do meu corpo ao teu, nu, despido de todo e qualquer preconceito, é o aguçar da vontade, o alimentar do fogo que meu olhar deduz em ti, esses dedos que não te tocam ainda, que contornam os teus quadris sem te tocar, que afagam o teu ventre e te fazem sentir o calor das minhas mãos sobre o arrepio leve dos teus poros... Sei da dança que precede este momento mágico de sedução de emulsão e desejo, que cresce até quase à explosão do êxtase de dois corpo tão próximos que se cheiram, que sentem o calor e não se tocam antes do eclipse total... E a minha boca aporta aos mamilos erectos dos teus seios, sentes? Sentes como os meus lábios sugam ternamente o prazer do cume do teu desejo? Sente-me, como a minha boca molhada escorre como cascata pela convexidade dos teus seios, percorrendo depois a planura do teu ventre até resvalar a minha língua pelo desfiladeiro que leva ao cálice do teu corpo, onde bebo da fluidez do teu néctar que abençoa todas as minhas vontades...

Elevo-te nas asas dos meus braços para depositar-te com a suavidade das nuvens sobre a mesa dos meus escritos, onde todas as histórias são tuas, e todas as emoções te pertencem... Aí perscruto cada recanto de ti, deixando o meu corpo entregue ao teu, quero sentir-te em mim, dá-me a tua língua ávida de conhecer ao detalhe de mim...

Anda, deixa-me sentar-te sobre mim, no colo tão desejado por ambos, encaixa-te, deixa-me tomar-te numa penetração suave e lenta, quero sentir como o teu corpo abraça o meu, como a tua vontade absorve o meu desejo, entrando profundamente num corpo por descobrir, num gemido e louco que como uivo, quebra o silêncio deste momento... Sentes?

Depois instalaram-se meses de silêncio, dediquei-lhe uma última carta dizendo-lhe que me ia silenciar:

Cartas a Sophia

Olá Sophia,

As emoções dentro da Alma são totalmente isentas de congeminações, são puras, simples e tendencialmente inocentes. É verdade que habitar um corpo puxa-nos para a sensualidade da carne, para a efervescência do sangue, mas, aquilo que é profundo no AMOR é a forma desinteressada com que este se atira ao abismo, sem se preocupar se vai colapsar ou voar. A minha essência não pretende ser perturbadora de espíritos, geradora de adrenalinas, instigadora de loucuras. Aquilo de que sou feito, não enquanto homem, mas enquanto Alma, é muito mais pacífico, muito mais tranquilo, muito mais doce e delicado, por isso me entrego ao culto do silêncio quando te silencias, deixo-te voar, soltar asas e tomar o céu como teu, ainda que de longe exista um fio translúcido que sempre nos trará ligados. Serei então um baú, fechado a sete chaves, uma recordação surreal, contudo estarei vivo, a minha Alma pulsará e por mais que me escondas, a luz surgirá em mim e eu de ti guardarei sempre aquele olhar escondido que um dia, com minhas próprias mãos imprimi no papel. Se a memória me atraiçoar com os anos, se o meu corpo soçobrar à gravidade, vergando-se, evaporando-se numa nuvem de cinzas, haverá sempre 9,97 gramas de ti, nas 21 gramas da minha Alma.

A confusão só se instala quando não sabemos ao certo o que sentir, ou, quando tentamos usar as mesmas leis que regem a realidade e aplicá-las a uma dimensão completamente diversa. Neste mundo(o dos sentidos), não existe gravidade, o que só por si faz toda a diferença, por isso se flutua, se voa, se mergulha sem que nada destrua o que nos move. Um dia virá em que a água será tão clara e transparente que, verás através dela, a luz serão tão brilhante que atravessar-te-á o corpo e brilharás como uma estrela no universo do Amor. Não me alongo mais, volto para o meu baú, e vou hibernar.

Recebe um abraço de luz e paz.

Cartas a Sophia

Mergulhei, senti, revoltei-me, deambulei, fechei a minha prosa a sete chaves e calei-me para ela e para o mundo.

No meio do meu silêncio chega-me outra carta, singela e simples, um poema:

Leilão

Quem compra, quem merca sonhos?
Quem quer meu corpo? Quem quer?
Quem merca os beijos tristonhos
dos lábios duma mulher?...

Todo o imenso amargor
trago neles diluído...
E vendo-os seja a quem for!
Quem compra, quem é servido?

Minh'alma de meretriz

Cartas a Sophia

é negrinha de pecados;
só do corpo vos servis,
eu vendo o corpo aos bocados...

Quem compra, quem merca sonhos?
Quem quer meu corpo? Quem quer?
Quem merca os beijos tristonhos
dos lábios duma mulher?...

Américo Durão

(1894-1969)

Que queres tu Sophia, questionava-me! És mulher, anjo ou meretriz, diz-me o que te fiz? Enlouquecia neste jogo de palavras, neste martírio de sedução. Nunca mais nos voltamos a ver e eu não queria pedir-lhe um encontro, queria que fosse sua vontade ver-me, mas... Apenas esta perfusão de sentimentos, esta louca vontade de ser mundana me chegava. Será que eu quero alguém assim,

35

que ama a "carne" em detrimento do sentimento, do amor? Esta dúvida dilacerava-me.

Presenteou-me, como me havia prometido com um excerto do livro as 50 Sombras de Gray que a sua inquilina lhe havia emprestado. Era uma espécie de convite à insanidade, uma cena completamente avassaladora onde o personagem masculino dominava a mulher e lhe dava ordens enquanto fazia sexo com ela.

Que podia eu fazer? Fui "desenterrar" o "meu" Marquês de Sade, personagem que encarnei há anos num livro de parceria com outros escritores e escrevi-lhe mais uma carta:

Que dizer deste jogo de sedução, desta tomada, desta invasão consentida, provada e aprovada entre possuir e ser possuída, entre a abrupta investida e a correspondente absorção? Nada, apenas contemplar como o fogo é total erupção, o desejo total entrega e o vício de se ter, exactamente proporcional ao tesão de fazer acontecer um momento que embora pareça pura punição, nada mais é que um antevisão do que vai ser, êxtase.

Deveria eu punir o prazer, o sentir, o ser, porque este tem devaneios e não são meus? Teria de o fazer com a brutalidade de quem partilha ao invés de ser egoísta, tentaria sempre mostrar-te que o meu amor, sim amor, aquele que se faz usando os sexos, é bem melhor, dá-te maior gozo e faz-te vir muito mais vezes que outro qualquer, ao invés de deixar-te de pernas abertas, inundada de um prazer que foi apenas meu. Até poderia ser um acto brutalmente selvático, impulsivo, desproporcionado, em qualquer sítio, mas teria de provar-te que comigo o gozo, o teu gozo, é um rio que escorre continuo e não apenas uma ausência de. Poderei deixar-te na expectativa, esperando e alimentando o teu orgasmo enquanto esperas que o meu sémen corra dentro de ti, mas não te deixaria com fome, saciar-te-ei de tal forma que quando pensares beber um

copo com outro alguém, te lembres de quem te preenche
todos os fluidos do teu corpo, eu!

Eu.. em ti
Como resposta obtive apenas um primeiro "*Jesus Cristo*"
e depois um "*Tu nunca me desapontas*"

Depois veio a tormenta, comecei a questioná-la, ela
sempre a fugir às questões e a dizer que lhe provocava
emoções avassaladores, que não podia persistir neste
tsunami de sensações, e acabamos por voltar ao
silêncio. Quebrado apenas por um "Desculpa-me". Ao
que respondi que lhe havia escrito uma carta que não
tinha enviado.

Pediu-me que lhe enviasse a carta que havia escrito.
Pediu-me de novo desculpas pela sua inconstância e eu
voluntariei-me para ajudá-la, perguntei-lhe se queria falar
por voz, pretensão que me foi negada pelo seu silêncio

sobre a proposta. Escrevi-lhe com cuidado, após os conturbados momentos em que, ao questioná-la sobre a que propósito me havia escolhido, se era apenas uma questão de troca de palavras mais atrevidas que a moviam nesta nossa relação, optei por uma linguagem mais formal e respondi-lhe delicadamente dizendo-lhe...

Cara Sophia,

Mergulho, no intrincado estreito do teu decote, resvalando, molhando com a língua este ambíguo desejo de descobrir o teu segredo. Quero saber de que cor se vestem os pináculos das tuas catedrais, como se arrepia a pele suave na curvatura da gravidade que encosta as montanhas à terra firme do teu corpo. Quero ver-te de outros ângulos, impossíveis de traçar com o lápis da imaginação, essas sombras que abraçam contornos e deixam sem decoro o mais puro dos anjos.

Como não desejar este salto, ao abismo idolatrado,

comprimido, rasgado entre sedas apertadas e lingeries desapertadas por mãos cegas cheias de anseios e loucuras para desenhar, logo ali, na folha ávida da tua cintura todas as silhuetas que a contra-luz me ilumina? Quero conter-me, ser timidamente perfeito, mas perante tamanho arrojo, sou impelido para este inferno gostoso de te despir de preconceitos e fazer do teu nu, meu desenho mais perfeito.

Loucura! Dirás. Desafio e efusão, que esta minha exaltação é já cárcere da minha ilusão, onde todas as dores são pesares, e todos os secretos são por desvendar esse teu corpo escondido debaixo do mais belo e cingido tecido.

Mas confesso que gostava de ter sido mais atrevido...

Teu

Cartas a Sophia

Pediu-me que fosse ousado e, eu fui:

Sophia,

Espero-te sentado sobre a beira da cama, viajas de longe, voo atrasado, e as minhas mãos suando duma vontade louca de sentir a tua pele. Disse-te por sms o hotel e o número do quarto, e fiquei ali, no escuro total imaginando-te sentada no avião, criando a roupa que trazes vestida, ensaio dos dedos comprimindo-os, quero ter os sentidos apurados, para que eles sejam os olhos que me guiam através dos teus poros. Escuto um ruído no corredor, serás tu? Não és... Alguém que segue para outro sítio qualquer. Áh Sophia, se soubesses a que velocidade vai o batimento do meu coração, neste misto de mistério e sedução....

Verifico as cortinas, combinamos um encontro às cegas, não quero que entre nenhuma luz, que tudo seja um puro mistério sensorial, que sejam os gemidos, os sabores e os cheiros, os toques e os beijos testemunhos deste desejo incandescente que quase ilumina o negrume da habitação. Alguém dá um toque com os nós dos dedos na porta, chegaste... Deixo a portar entreabrir-se lentamente, fico detrás, quero que entres para dentro desta caixa mágica onde todos os instantes serão uma surpresa e todas as surpresas um misto de sonho e fantasia, colado à realidade dum dia no meio do vazio de luz. Vejo a tua mão segurar a porta e o teu corpo mergulhar na escuridão como uma silhueta que se dissolve no nada. A porta fecha-se!

Despojas-te dos adereços que escuto caírem com um som bafado no chão, os meus instintos dirigem-se nessa direcção, como que procurando o porto do teu corpo para atracar minha embarcação. Sinto-te o calor, escuto-te a respiração e num instante alucinante pego-te no corpo alinhando as minhas simetrias com o teu perfil, estás de costas e a minha mão direita segura-te o ventre, tens uma camisa vestida e os dedos penetram por entre os intervalos dos botões... Encosto-te ao meu peito, sinto o teu cheiro, o contorno do teu dorso e procuro a tua pele por entre os cabelos para te deixar um primeiro beijo, molhado, lambido no pescoço agora despido. As tuas mãos instintivamente abraçam-me ao revés, os teus dedos cravam-se sobre as minhas calças, sinto o palpitar da tua efervescência como que calmando por uma vontade só, única, que partilhamos, tomar-nos num só gole.

As casas alargam-se e deixam sair os botões que te abrem o peito, deixando-te o ventre à mercê dos meus dedos que o tacteiam como que cartografando cada pedaço de pele que lhes ofereces, a língua já percorre o perfil do teu rosto como que procurando a boca, para beber-te, as tuas mãos sujeitam-me num impetuoso rasgo de vontade de me arrancar a ganga que me veste. O ar incendeia-se e as respirações aspiram todo o oxigénio em redor, mesclado com os perfumes e os suores dos corpos que sentem que estão tão próximos da fusão que quase entram em combustão. O meu corpo reage ao chegar aos teus seios, escondidos pelo soutien que arrasto junto com a camisa e te atam como se estivesses algemada, sentes como cresço dentro da roupa que ainda me veste, como o meu sexo se inflama e se roça pelos teus glúteos. Procuro num repente despir-te a saia, percorrendo-te a cintura para encontrar forma de desmontar esta barreira, quanto tu me seguras firmemente as nádegas empurrando-me contra ti, manietada pelas vestes, submissa ao devaneio da minha voracidade. Eu cresço, quase que rebentando os botões dos jeans enquanto te cai aos pés a saia. Tiro a t-shirt e baixo as calças, enquanto a minha mão esquerda se entranha nas tuas virilhas e procura o teu sexo já molhado de vontades... Meto um dedo dentro de ti e sinto como escorrega no fluido do teu prazer, o meu corpo está agora em brasa, pronto para te tomar, mas ainda antes quero provar-te e lambo o teu rio que vem preso na ponta do meu corpo, para depois te beijar, antes mesmo de te curvar e o meu sexo procurar encaixar-se duma só estucada dentro do teu. Entro... fundo, gemo, tu murmúras e la petit mort *toma-nos, avassaladoramente, fez-se silêncio e na cegueira*

Cartas a Sophia

daquele lugar o meu falo mergulha no teu mar...

Após esta carta, que lhe sugeri ler a ouvir "The Flower Duet (Lakmé)" - Léo Delibes, respondeu-me com a intensidade dum furacão, usando pela primeira vez a expressão meu amor. Enviava-me junto uma citação the Osho *Estado de não-mente* dizendo que quando se sentia inquieta recorria a este pensador para relaxar e naquele dia tinha aberto na página que me citava.
Li, e o texto inspirou-me para a próxima carta...

Querida Sophia,

Transcender o corpo, ultrapassar o limite, estar para lá do vento, do calor, do frio, do cansaço... Olhar o infinito como se ele fosse o caminho mais próximo para o destino, como se nele estivesse já impresso o momento

45

em que arqueamos o corpo para despi-lo, removemos a pele e libertamos a Alma numa explosão de clarividência, que permite às sombras existirem por entre os objectos mais queridos do nosso mundo interior. Esta sensação é o acordar da consciência, o despertar do dia, não um qualquer dia mas aquele dia em que soubemos com toda a certeza que somos aquilo que queremos efectivamente ser. Hoje o vazio não é apenas um buraco profundo onde tememos cair, mas o céu infinito onde queremos voar. Hoje o escuro não é apenas a incompreensão do que não vemos, mas um corpo que queremos abraçar, iluminar e sentir no lusco-fusco da nossa existência. Hoje o silêncio não é apenas a ausência de sons, mas uma melodia suave que canta todas as nossas vontades. Por isso este dia, em que tomamos nas mãos a efectiva razão de ser, será o marco que ficará no percurso duma longa vida, ele assinalará o momento em que fomos capaz de perder o medo e assumir a nós próprios o risco de ser, de estar, de saborear e de viver, conforme a nossa crença e a nossa convicção. CARPE DIEM

Teu

Os dias sucederam-se, as semanas passaram e de Sophia nada sabia, deixei de esperar, de questionar, até que no final duma tarde qualquer, heis que recebo um sinal. Era ela, assustada, desculpando-se pelo silêncio, tema de um último texto, dizendo-me que lhe tinha desperto a vontade de responder-me, que no seu egoísmo me tinha abandonado. Pedia-me perdão... Que se isolava na própria dor e me deixava, assim, no pleno vazio, na mais perfeita incógnita.

Escrevi-lhe uma carta no dia seguinte:

Cartas a Sophia

Querida Sophia,

Interroguei-me muitas vezes, ao longo dos tempos, sobre os enigmas que me eram apresentados, uns em forma de pensamentos, outros meros actos. Não percebia as mensagens, questionava os porquês, encetava viagens interiores na demanda de respostas para tantas incógnitas. Os anos passaram, e o menino que antes não dormia a pensar no que depois aconteceria, deu lugar ao jovem que tudo absorvia, lia e aprendia em multifacetadas tarefas que se inflingia. O homem chegou, germinou como semente, criou e cresceu com as crias, mas tais tormentosos pensamentos o perseguiam. Porquê? Questionava-se agora no silêncio da Noite, no escuro âmago do seu pequeno espaço, na solidão do Inverno, ou em pleno Verão. O corpo é como um fruto, nasce, cresce e matura, e o meu não diverge da mais elementar regra da vida, maturo com o tempo, aprendo e dediquei à espera o seu devido momento. Hoje, muito para lá dos primórdios da minha existência, sento-me aqui, nesta cadeira de balouço, simplesmente esperando. Já não pergunto, não questiono, espero pelas respostas, que a seu tempo hão de vir. Um dia, da árvore da vida hei-de cair, porque maduro demais, ou porque colhido por um apressado momento de desequilíbrio. Se até lá não souber tudo o que me falta saber, sabê-lo-ei quando juntar a minha Alma aos demais. Perguntas-me, "-Enlouqueceste?", responder-te-ei, "-Não querida Sophia, apenas esperarei por ti até se fazer de novo dia."

Virás quando a saudade apertar, quando no cais o teu barco não conseguir manobrar, ou tão-somente porque te apraz regressar ao colo que te acolhe. Um colo que não exige, que não demanda, que é apenas para ti abraço forte, refúgio e cama.

Um beijo

Passado algum tempo recebo uma simples resposta *"Amo-te."* algo até agora inédito nesta troca de cartas, apenas e tão só esta resposta. Confesso que fiquei sem saber o que responder por não perceber a profundidade daquele *"Amo-te.".* Não lhe respondi de imediato, deixei-me absorver pelos problemas do quotidiano e tentei disfarçar a intenção de lhe responder de imediato. Durante toda a noite a palavra ecoava na minha mente, tentava não lembrar, mas era impossível esquecer.

Na manhã seguinte, uma outra carta de Sophia... Denotei desilusão no tom das suas palavras, esperou que lhe respondesse de imediato e como não o fiz, achou que se expôs demais. Dizia-me duma forma irónica que eu sim sabia o que queria, que ela tinha sido incoerente e respondido ao meu "[...]*esperarei por ti*[...]" duma forma impulsiva. Apressei-me a escrever-lhe de novo, tentando explicar-lhe porque não havia respondido no dia anterior:

Cartas a Sophia

Bom dia Sophia,

Sempre tive muito respeito pela palavra Amo-te, preocupa-me o uso excessivo que actualmente as pessoas lhe dão. Como já também deves ter reparado a juventude actual ama tudo, para eles usar a palavra Amo-te é simples, diz-se e já está. Há garrafas a dizer Amo-te, cafés que se chamam Amo-te, enfim uma parafernália de merchandising e afins com essa palavra tão pequena mas que tem um significado tão profundo, hoje completamente banalizado.
Mas tu não fazes parte deste conjunto de gente que usa e abusa da terminologia do amor, de facto só à bem pouco tempo, na última carta mais extensa que me escreveste conseguiste escrever "meu amor", o que me faz parecer que nutres o mesmo respeito que eu por tudo o que se refere ao Amor. Não te respondi de imediato porque confesso que me surpreendeste, pensei que não revelasses já esse sentimento, que te

reservasses para ver o caminho das coisas. Pensei em dissertar sobre o Amor, mas ontem foi um dia complicado, entre confusões, erros e citações, a minha emotividade estava um pouco arrastada para a realidade e acabei deixando para hoje a abordagem ao Amor. Depois, quando chego pela manhã, vejo a tua carta, uma espécie de "mea culpa" misturada com arrependimento, como descreves, uma fuga à consciência que não te permitiria revelar tamanho sentimento, não agora, não neste momento...

Não existem absurdos nos sentidos, eles são puros e genuínos e, ou se sente, ou não se sente, não existe um "assim-assim". Ninguém é louco por sentir, sequer incoerente por manifestar o que sente. Deixa-me dizer-te querida Sophia, nem tudo o que parece é, e eu não sou seguro de nada, sou uma pessoa tímida, insegura e que se escuda muitas vezes no silêncio para se defender dos demais. Muito menos sou frio e calculista ao ponto de me permitir ver-te em deriva e não ir em teu socorro, mesmo que salvar-te seja a minha morte, porque de que vale uma vida entediante se não tivermos a glória de nos oferecermos de Alma e coração aos que de nós precisam e a quem amamos incondicionalmente.

Eu hei-de ser sempre tudo o que precisas ouvir, um dia hei-de ser também tudo o que precisas respirar, sentir e tocar, porque quem te oferece um colo, não te-lo diz só porque quer ser simpático e parecer amigo, amante e cúmplice, mas sobretudo porque te-lo quer dar, te quer fazer sentir bem, feliz e tranquila, longe das vagas que assolam o norte da tua ilha.

Não digladies comigo, porque eu não sou gume de espada que te quer infligir golpe, sou escudo que quer proteger o teu corpo da morte, não dessa morte realista que todos temos de enfrentar, mas da morte dos sonhos, ideais e conquistas, vontades há tanto esquecidas... Não me temas, porque não sou um temerário, sou alguém que te ama duma forma transcendental, muito para além da compreensão humana, do limite dos corpos, do tempo e do espaço...

Cartas a Sophia

Teu

A sua resposta trouxe-me Saramago, *"Ensaio sobre a cegueira"*, um excerto em particular onde a mulher que não perdeu a visão se deita com um homem velho e cego. Porque escolheria ela alguém caquético? Talvez porque as razões de amar são incontornavelmente cegas, como aquele homem estendido sobre a cama. Junto com o excerto Sophia mostra-se encantada com as minhas prosas em forma de declarações de amor, diz-me que ela apenas existe em função de poder ser por completo minha (como se existisse nela uma personagem que foi criada exclusivamente para se entregar por completo ao delírio do escritor, ou terá sido o escritor que criou esta Sophia para fazer dela, aquilo que ele tanto anseia encontrar numa mulher?).

Termina dizendo-me que sabe de antemão que nunca seremos mais que uma utopia, que nada disto é real e que o máximo que teremos um do outro são esta história, feita de cartas e memórias, interpretações e fascinação que não passarão do papel de um livro empoeirado, empinado numa estante qualquer.

Continuei proseando, não queria deixar que esta história se ficasse só aqui, no meio de lado nenhum, afinal sou homem e sinto, o corpo pede e os olhos querem ver:

Querida Sophia,

Não sei se isto será tudo o que saberemos um do outro, o desejo de te conhecer é grande, e nem que seja um encontro formal para tomar um café e discutir sobre a ciência oculta por detrás dos sentidos, da virtualização da vida e destas partilhas que caem dos céus sem explicações, gostaria de te ver, com estes olhos que pó se hão-de fazer.

Saramago não é de todo a minha praia, porque questões ideológicas, por questões patrióticas, por outra qualquer questão que não sei explicar, não o leio por falta de tempo, mas pela pouca vontade de o ler. O filme ainda comecei a ver, mas não concluí. Esta tua descrição foi sucinta e enquadradora de toda a história e penso que percebi a mensagem.

A leitura das tuas cartas suscitam-me sempre enormes questões, mas não as coloco tento percebe-las e entender-te através da observação. Não fazes a mais pequena ideia das vezes que fico só a olhar-te, no teu dia-a-dia, na azáfama entre estudos, e correria, casa e família, amigos e convívios. Tu, tal como eu tens duas almas num só corpo, és a mulher dinâmica e persistente, que não desiste, responsável e carinhosa, que batalha e segue em frente, mas... És também a mulher doce e sensual, fera faminta, animal selvagem que preda nos seus sonhos a presa preferida, esperando-a em emboscadas cheias de descritivos sensuais, de disformes corpos assexuados e plenos de prazer que se derramam, no silêncio dos sonhos, que tens, e outros que ainda queres ter. Mas, no fundo, sentes te sozinha, num mundo que não parece feito à tua medida, é assim que me sinto tantas vezes, sozinho, só comigo. Tu és o personagem, a mulher que me permitiste ter, a que se despe na minha frente sem pudor, a que me ama, e não teme as consequências de amar um ser platónico, invisível e pardo, que não se revela, e se esconde no escuro de um quarto.

Na realidade, tento não colocar demasiados sentidos e emoções no que te escrevo, não quero abanar demasiado a tua estrutura, não quero fazer-se soçobrar porque desejo-te estável, tranquila e apaixonada, e não destroçada. Poderia escrever-te cartas de amor mais profundas, mas precisaria que me conduzisses, me desses a luz e o caminho, para que nesta minha cegueira te encontre, e possa nem que seja por um segundo, roçar o meu rosto no teu, sentindo o teu perfume.

Teu

Cartas a Sophia

Na sucessão do tempo, os segundos dão lugar aos minutos e estes por sua vez adensam as horas que constroem os dias. Esta cadeia de tempo desespera-me por vezes, outras há em que me leva a pensar no esquecimento, mas é inegável a vontade de receber uma carta de Sophia. E quando menos espero, já desmotivado e morto o desejo, eis que surge do nada, uma carta extasiada de letras e vontades, de amor, como nunca havia escrito. Sophia começa a revelar-se, no seu quotidiano, na sua saudade e nos seus sentimentos. Fala-me dos seus projectos, dos seus futuros, da vontade de me voltar a ver, e, sobretudo do desejo de me sentir. Numa prosa enlouquecida descreve-me detalhadamente o que gostaria de fazer quando viesse visitar-me. Fiquei sem acção perante tamanha descrição... Apesar de estar a passar uma fase complexa, Sophia tem o dom de me fazer renascer das cinzas e respondo-lhe dizendo:

Cartas a Sophia

Olá Sophia,

Sabes, esta arte que me propões, é para mim a maior das emoções, ser capaz de percorrer-te coma ponta dos dedos, de beber-te o corpo como quem degusta um vinho doce, saborear as pregas salgadas da tua pele, no êxtase do teu fulgor é como pintar um quadro multicolor, onde os tons azuis são o oceano que a represa do teu ventre solta sobre o estreito intricando do teu sexo, e o vermelho fogo é o roburizar da tua tez, onde se evapora a saliva de um beijo profundo entre a língua e os lábios que nos unem. Anda, toma-me, assalta-me, derruba-me e deixa-me prostrado a teus pés Deusa infinita. Que o teu prazer seja tão intenso como a tempestade para que o meu corpo vibre e jorre como fonte de nossos desejos inundando cada pedaço do teu mar, misturando o rio e o mar. Seguramente tomar-te-hei em minhas mãos qual cálice sagrado, erguei-te-hei, oferecendo aos céus os frutos deste nosso amor que há-de inebriar-nos.

Entrego-me a ti, serei fusão, fogo e paixão, amor

premente e sempre presente no perfume da tua pele desde então.

Beijo-te no ângulo mais suave do teu corpo, no rebordo do cálice que se forma em ti.

Depois, baixei os braços, despi o corpo e deixei que a alma aguardasse ansiosamente por Sophia, que é já como um Sol na minha vida.

Nova missiva chega e Sophia cada vez mais doce, cada vez mais terna, fala-me do desejo de fazer amor comigo, no sofá da sala, enquanto a televisão desligada é reflexo do nosso prazer. Esta não é já uma mulher que apenas procura o prazer pelo prazer, ou uma relação com um desconhecido, esta mulher palpita já de paixão, é em si um verdadeiro vulcão, que ao invés de derramar lava incandescente, derrama agora amor premente.

Respondo-lhe, com a placidez de quem já ama também, sem medos, mas com o atrevimento pungente daquele

Cartas a Sophia

que faz amor com a força dum furacão...

Querida Sophia,

O momento perfeito, quando as mãos vão a teu jeito, seguindo os trilhos do teu prazer, por entre roupas e desejos, são os meus dedos a vontade de em ti me perder. A minha boca, saboreia-te os lábios molhados, enquanto procuro sentir o calor do teu ventre que dispo suavemente. A minha língua penetra-te a boca, enlaçando a tua, os meus dedos são falos que entram e afagam o teu sexo molhado, convidando-me a tomar-te, a fazer-te minha. Desenho com a língua sinuosas espirais, até tocar suavemente o pináculo das tuas catedrais, seios macios e desejados, das minhas vontades descomunais. Elevo-te, seguro-te pela cintura fina, enquanto te deixo suavemente como uma pluma descer sobre o vento, sobre o meu sexo ávido do teu desejo aceso. Vejo-te nos olhos entreabertos os fogos acesos, os gemidos intenso deste encontro entre a humidade da tua vulva e a fome de te devorar que trago em mim. Isso encaixa-te em mim, como se fosses o contra-molde do meu corpo, como se fosses a água que mata a minha sede, sente como te entrego profundamente o meu tesão, como minhas mãos desenham a curvatura do teu rabinho delicado que comprimo em solavancos desenfreados contra meu corpo. Somos um cavalo selvagem em pleno galope, quando se perde a rédea e voa sobre os prados, anda, grita, chama-me e eu sigo-te nesta doce loucura que é amar-te assim tão intensamente, tão profundamente, até ao êxtase final.

Adorei a tua descrição, suave e delicada, que provocou em mim uma erupção descomunal...

Cartas a Sophia

Remeto-me à espera, sendo que estas se têm tornado mais curtas... Que o tempo voe até que mais uma carta me chegue.

Ilusão minha, quando me parece que os intervalos se reduzem, lês-me o pensamento e dilata-los de propósito. Tudo isto me parece um jogo, onde eu sou um pequeno peão e tu a mente que me controla. Mas a tentação fatídica de te responder, não consegue deixar-me muito tempo calado e, sempre que uma nova missiva chega, não passam muitos dias sem que eu te remeta a minha poesia. Tu sabe-lo e alimentas-me assim, como desta última vez, em que me falas da saudade de fazer amor comigo, como se já o houvéssemos feito. Do desejo de estares comigo, como se de facto já tivéssemos estado. A esta distância, aquele encontro ao acaso, parece ter sido à uma eternidade.

Não resisto à tentação e respondo-te à provocação com mais uma carta, intensa despida de pudores e até

Cartas a Sophia

burlesca...

Olá,

No momento em que vi a tua mensagem estava a ligar o telemóvel ao carregador, estava sentado na beira da cama... Se estivesses comigo, abraçar-me-ias por trás e esperarias que ligasse o carregador para me puxares para ti, cairia sobre teu ventre e rodar-me-ia para beijá-lo. A minha língua seria a corrente que te amarraria enrolando-se lentamente ao teu redor, como serpente que te comprime, e te abraça num intenso abraço. Nesse silêncio, despir-te lentamente, e saborear cada pedaço desse corpo quente que em frémito me chama, depurando com a saliva esse arrepio que te envolve, até ao encaixe, entrando, lentamente nas tuas entranhas, sentindo a erupção do teu prazer, que húmido, inunda o meu ser. Sente como te tomo, como avassaladoramente invado o teu espaço uterino, numa vontade incomum de fundir-me, de tomar-te de conquistar o teu último reduto. Isso, geme, grita se te apetecer, crava as unhas na minha pele e arranha-me o corpo com a violência duma batalha de sentidos em que não somos inimigos, mas amantes, em que não somos já gente, mas animais em pleno cio. Quando os teus músculos se comprimirem num último espasmo, meu grito será gutural, inundando-te o corpo como sémen do meu prazer, abafando com um beijo o silêncio, fechando em nós este jogo de sentires que é em ti gozo que me faz vir.

Acho que de facto te divertes a alimentar-me a fome de ti, dás-me um pedaço do teu detalhe e depois deixas-me faminto para saber até onde aguenta o corpo e o espírito. É uma forma de controlar, não sei se a mim se a ti, mas de qualquer maneira é como uma cadeia onde o preso está solto, não vai embora porque o seu carcereiro é que o alimenta, e este não o abandona porque sabe que de certa forma ele é o garante da sua própria existência, de outra forma para que quereria esta fábula um carcereiro se não tivesse um prisioneiro? Ao mesmo tempo esta incógnita excita-te, enlouquece-te e por mais que não queiras acabas vindo tranquilamente até à fonte do teu prazer, encostas os lábios à minha bica e bebes-me em goles pequenos, como quem sabe que este jorro quente e espesso é alimento que tonifica, não apenas o corpo, mas sobretudo o espírito, na monotonia cinzenta dos dias que se perseguem sem destino.

Beijo-te! Não, não, lambo-te os lábios, depois de te lambuzares de mim...

Depois, todas as indecisões voltaram e Sophia escreveu-me a falar dos medos, das sensações de traição, do incomodo que sentia quando se dava a mim. Percebi nesse dia que de alguma forma era comprometida com alguém, casada talvez.

Respondi-lhe mais uma vez dizendo que não era minha intenção fazê-la sentir-se assim, que moderaria a minha intensidade, para não afectar a sua estabilidade. E, depois disto o silêncio instalou-se.

Eu próprio me debato com as minhas incongruências, com os meus traumas e remorsos de ser uma pessoa que não se contenta com o que tem e procura sempre ser mais amado, mais querido, por diversas pessoas, e não falo de amizades, mas de amor profundo.

Questiono-me imensas vezes se não terei em algum momento da minha vida sofrido uma situação de carência afectiva. Tento retroceder no tempo e o que vejo apenas é sempre uma casa com muito amor, uma infância cheia de alegrias e brincadeiras.

Talvez na adolescência, é capaz de ser aí, quando todos os meus amigos tinha namoradas e eu tinha dificuldade de ter aquelas que eu mais queria. Senti-me nessa altura um "patinho feio", e pode que aí tenha nascido esta louca necessidade de amar, de querer, de sentir-me amado. Depois, o facto de muito jovem me ter apaixonado por uma jovem que me traiu e deixou por outro, pode ter assinado esta minha sentença de dependência face ao amor.

Mas eu amo duma forma estranha, amo até um certo ponto, coisa estranha não é? Foi mais tarde, numa crise de identidade que o meu psicólogo me abriu os olhos para este "travamento". Impulsiono o amor, duma forma louca, intensa e dócil, mas, quando sinto que estou apaixonado, que, e caso de tudo acabar irei sofrer, paro, e deixo a outra pessoa continuar a amar-me cada dia mais. A partir desse *click*, desligo o motor do amor, sou cordial e delicado, mas já não alimento mais a flor, deixo de a regar, apenas a contemplo...

Talvez a Sophia seja muito parecida comigo, talvez ela tema cair na tentação e ficar aprisionada para sempre neste amor que não tem pernas para andar, ou que pelo menos não avançará com a liberdade desejada por ambos.

Hoje, mandou-me uma gravação, onde ela canta, com a suavidade que lhe é característica, a letra de "*Send in the clowns*", uma música sobre a rotura entre um casal.

Cartas a Sophia

Quis lembrar-me que nos estamos a distanciar, pois eu não a alimentei, como habitualmente faço, com as minhas letras, não lhe escrevi, com a inspiração que normalmente lhe dedico nas minhas cartas, cheias de amor, sentidos e sensações.

Send in the clowns

Isn't it rich?
Are we a pair?
Me here at last on the ground,
You in mid-air.
Send in the clowns.

Isn't it bliss?
Don't you approve?
One who keeps tearing around,
One who can't move.
Where are the clowns?
Send in the clowns.

Cartas a Sophia

Just when I'd stopped opening doors,
Finally knowing the one that I wanted was yours,
Making my entrance again with my usual flair,
Sure of my lines,
No one is there.

Don't you love farce?
My fault I fear.
I thought that you'd want what I want.
Sorry, my dear.
But where are the clowns?
Quick, send in the clowns.
Don't bother, they're here.

Isn't it rich?
Isn't it queer,
Losing my timing this late
In my career?
And where are the clowns?

Cartas a Sophia

There ought to be clowns.
Well, maybe next year.

Autor: SONDHEIM, STEPHEN

É uma música triste, que me fez responder-lhe com uma pequena letra, duma música por inventar, porque não sou músico nem cantor, e muito menos compositor.
Não lhe dei título, nem lhe atribui melodia, apenas escrevi o que sentia...

My dear,

I'm still standing, here, waiting, trough all these years
Without knowing when you come, dreaming, writing and reading.
I would lie if I tell that your silence won't drive me to tears,
Sometimes I get lost, trying to understand your meanings.

Cartas a Sophia

No, there are no clowns

If I drown in this ocean of feelings, if get lost and feel weak,
I crumble and fall, I stumble and crawl, but I'm standing,
Waiting for you to call me, to you to write me, week after week...
Let me ear you, not saying good bye, to say that you will staying.

No, there are no clowns

Maybe the future are not so cloudy,
Maybe the uncertain will be defined
One thing I know, there are no clowns,
What I wishes most is to have you inside

Yes, there are only you and me

Cartas a Sophia

I'm not a good singer, I don't have your angelic voice, I'm just a writer of dreams and fantasies, but more than everything, I'm yours.

Ficou o silêncio, que perdura nos dias. Volto muitas vezes à mesma livraria, tentando voltar a vê-la. Passo tardes inteiras naquela esplanada esperando a que de repente se sente, voltemos a falar da saudade que nos prende.

Nunca mais voltei a ver Sophia, mas sei que onde quer que esteja ela sente a força da minha vontade. Sei que por mais invisível que eu seja, estarei nela, sempre presente.

FIM

Obras já publicadas do autor:

- Diário de Sonhos 2009
- Reflexos d'Alma 2010
- O Livro dos Pensamentos I 2011
- A Magia das Letras – Aqua 2011
- Folhas Soltas 2012
- O Livro dos Pensamentos II 2013
- Absorvência 2014
- Ínfimos 2014
- Inflexões 2014
- Convexidade 2014
- A Magia das Letras II 2015

Publicações à venda em:

Diário de Sonhos:
www.bertrand.pt

Restantes títulos:
www.amazon.com
www.lulu.com/spotlight/aalmas

Todos os títulos com dedicatória do autor:
antonio.almas@gmail.com

www.aalmas.eu

Todo o seu trabalho está disponível em http://www.aalmas.eu

www.ingramcontent.com/pod-product-compliance
Lightning Source LLC
Chambersburg PA
CBHW060134260626
47160CB00005B/2108